Collezione Zetaxcentaur

Pianeti extrasolari disegni da colorare

Figura 1

Colora come la figura 1

Figura 2

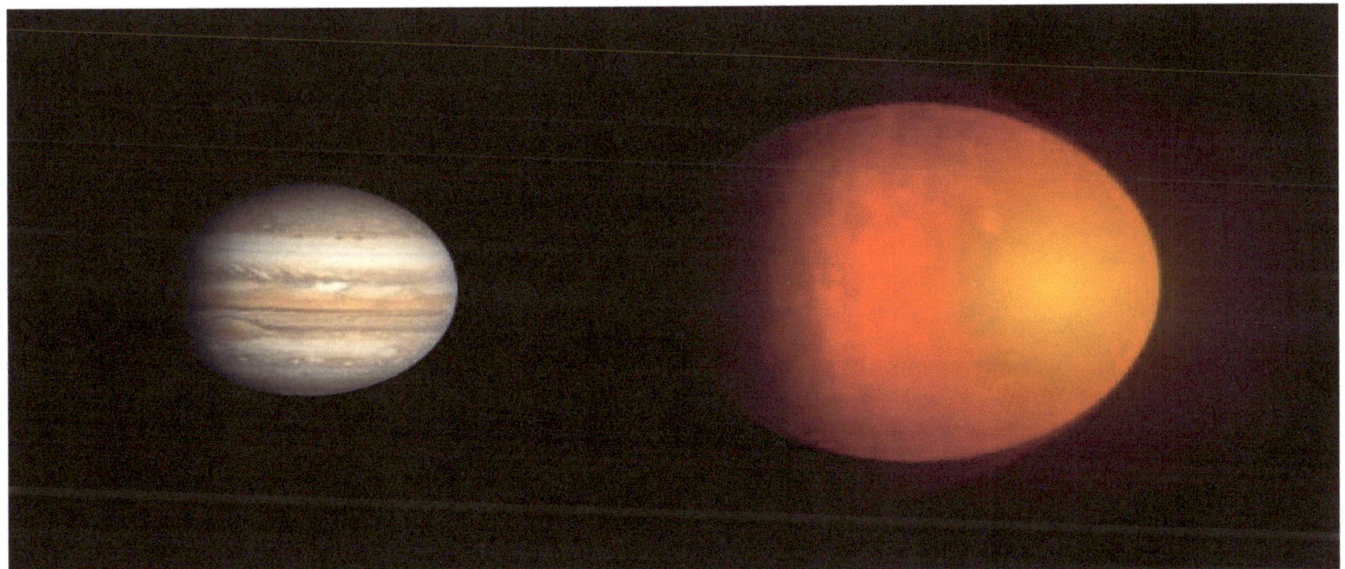

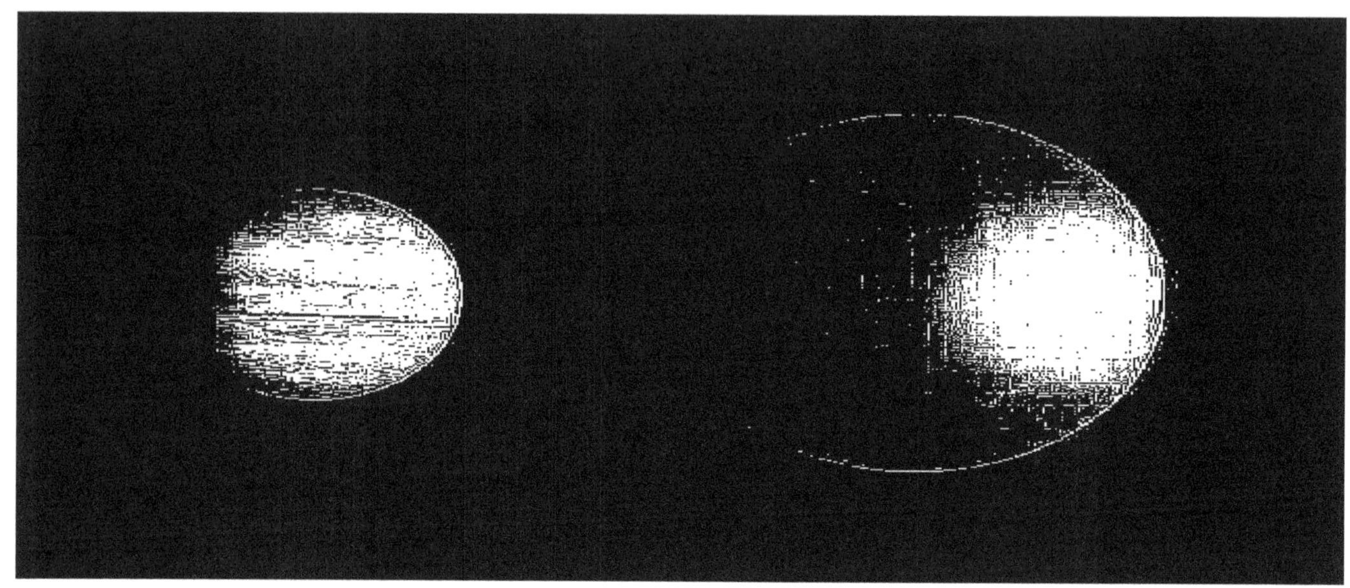

Colora come la figura 2

Figura 3

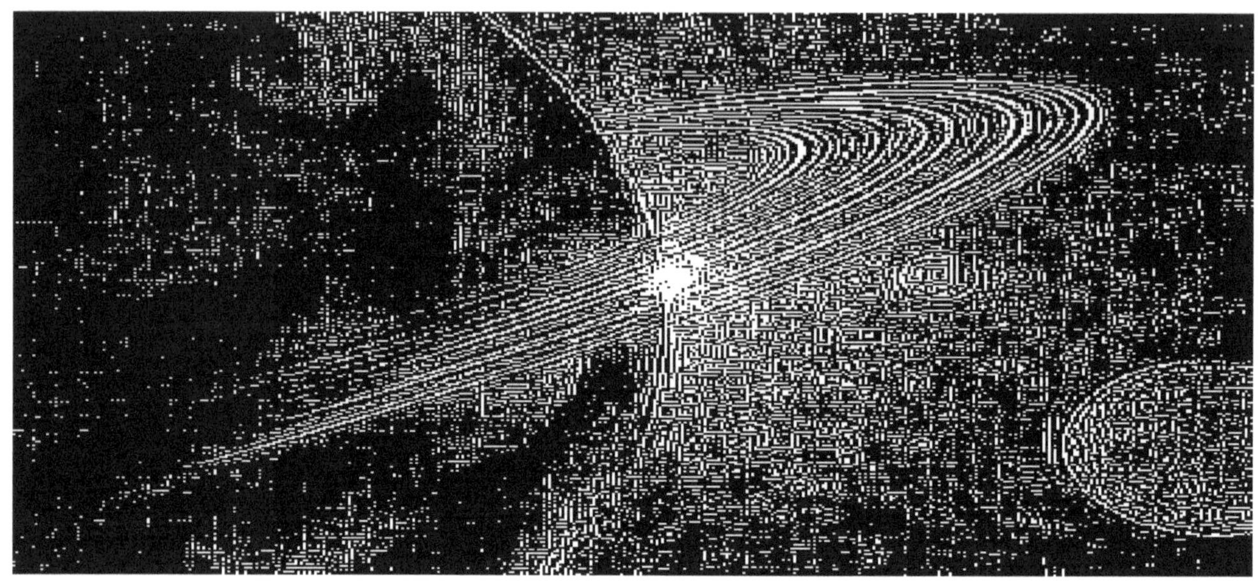

Colora come la figura 3

Figura 4

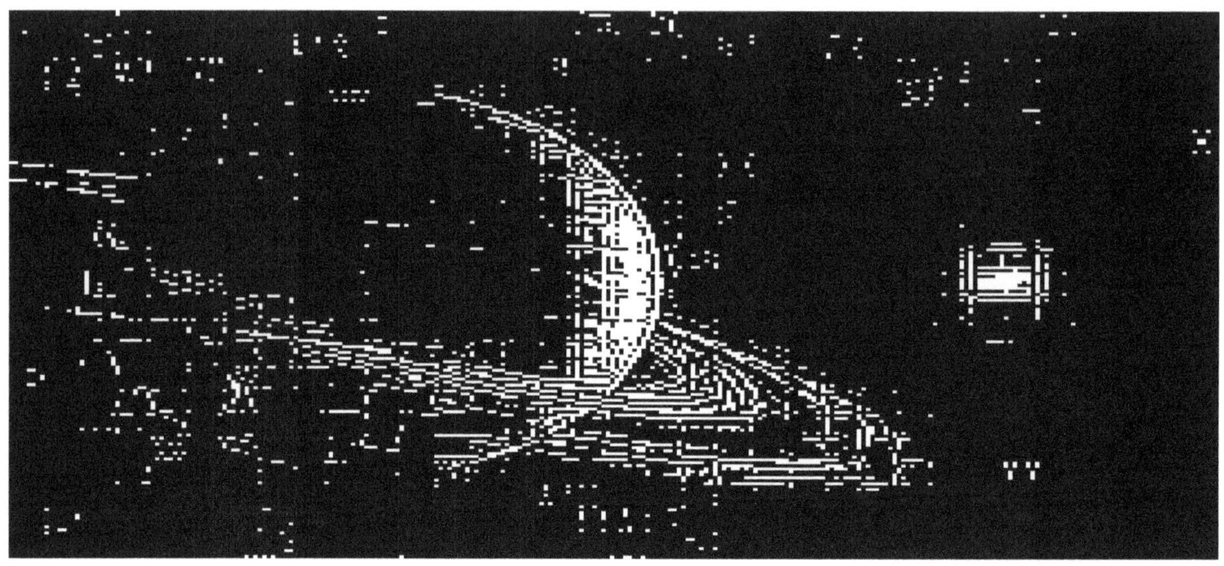

Colora come la figura 4

Figura 5

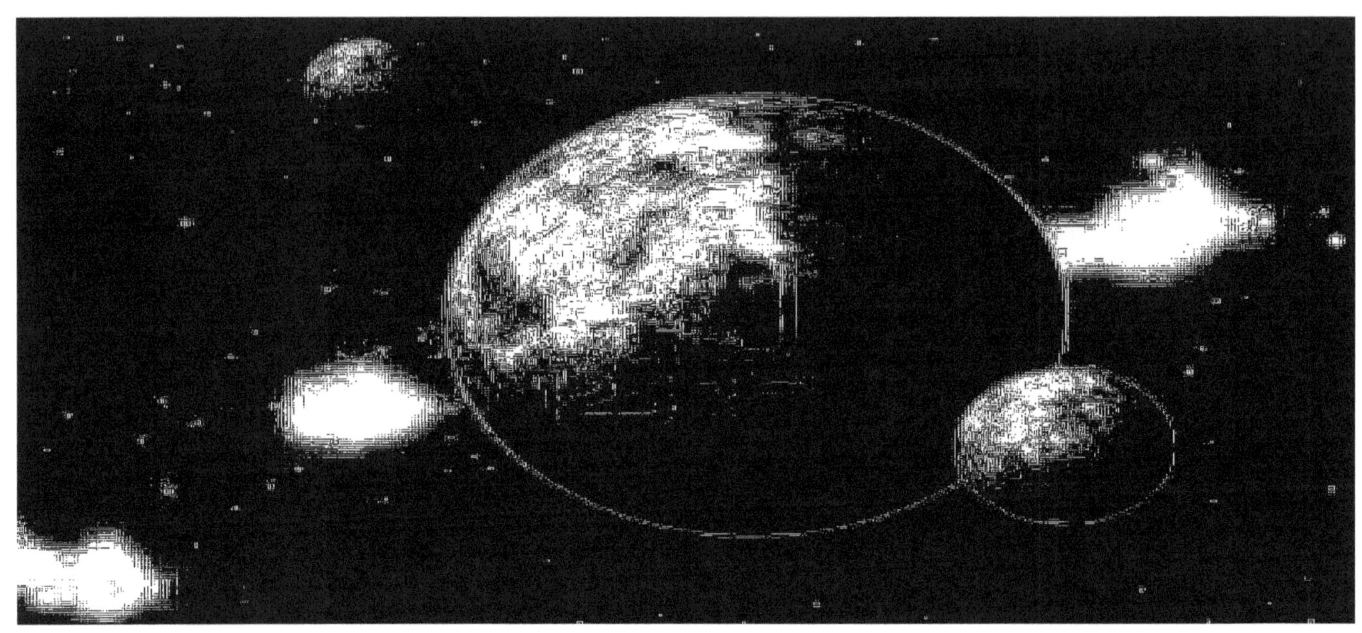

Colora come la figura 5

Zetaxcentaur

Costellazioni disegni da colorare

Fiordelisi Massimiliano

Zetaxcentaur

Costellazioni disegni da colorare

Dovete colorare la figura in bianco e nero come la

figura d'esempio a colori.

Collezione Zetaxcentaur
Costellazioni disegni da colorare

Figura 1

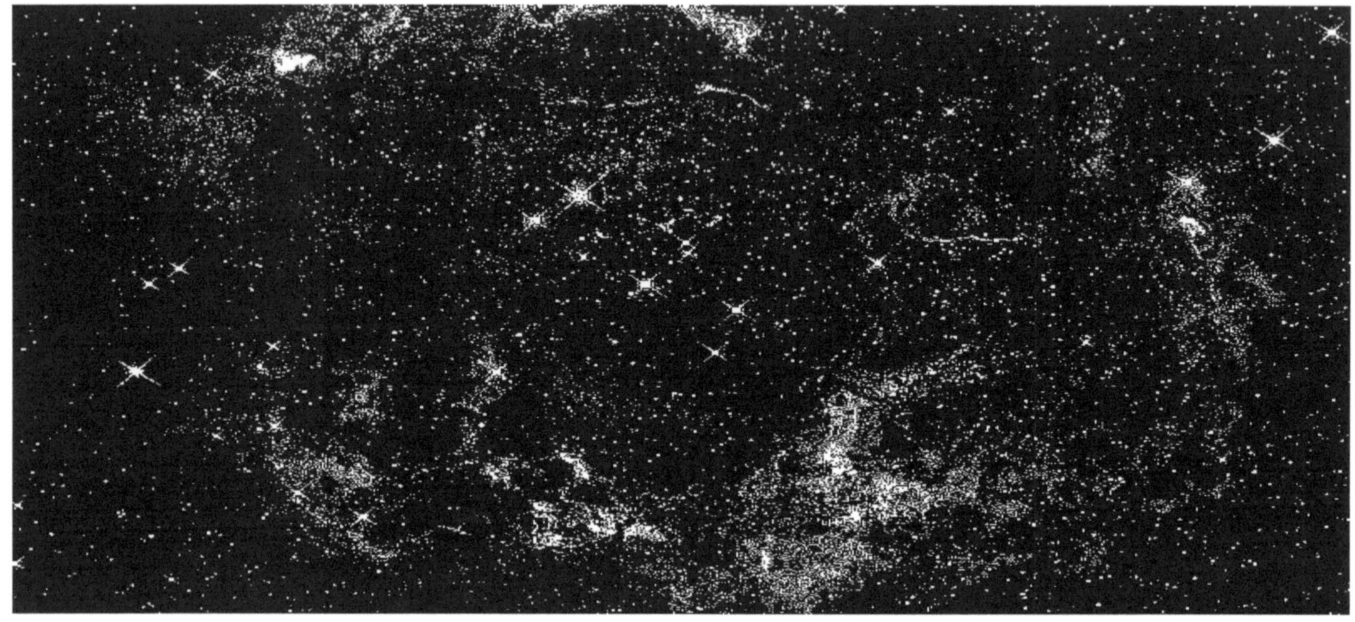

Colora come la figura 1

Figura 2

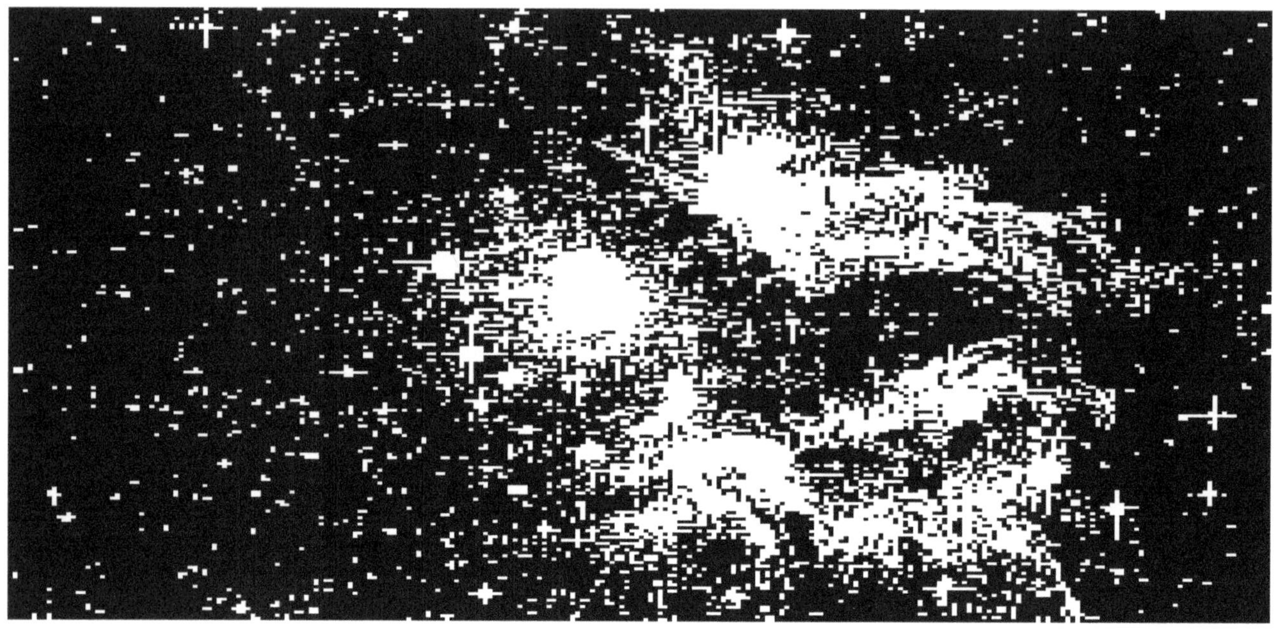

Colora come la figura 2

Figura 3

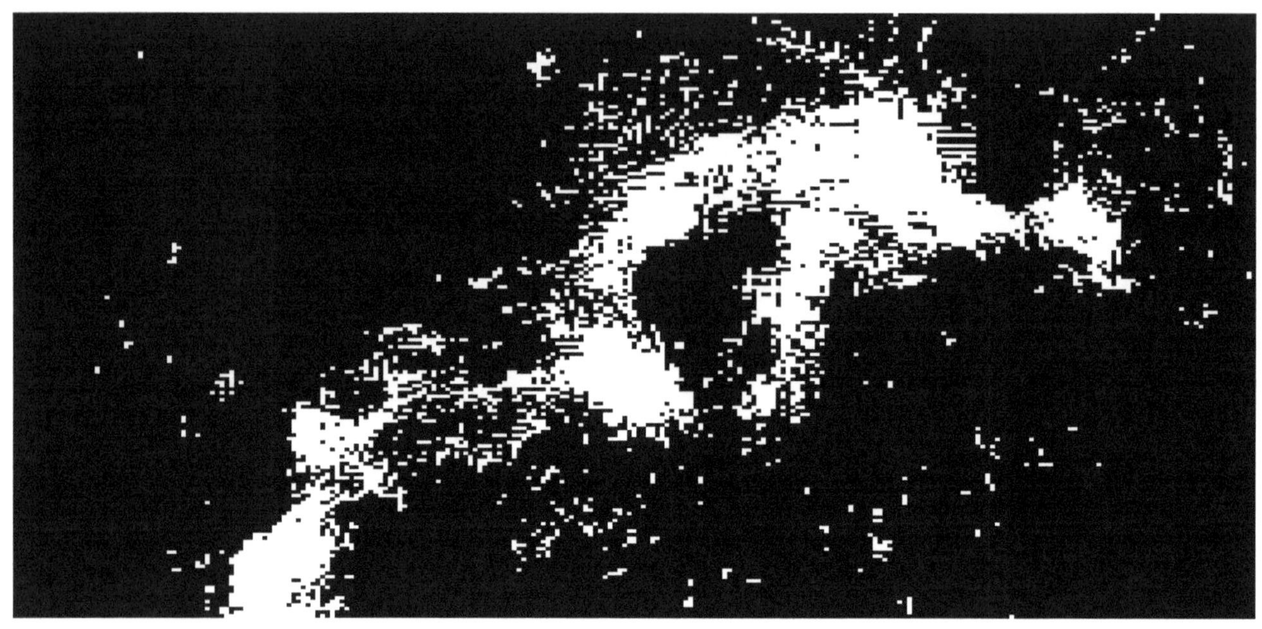

Colora come la figura 3

Figura 4

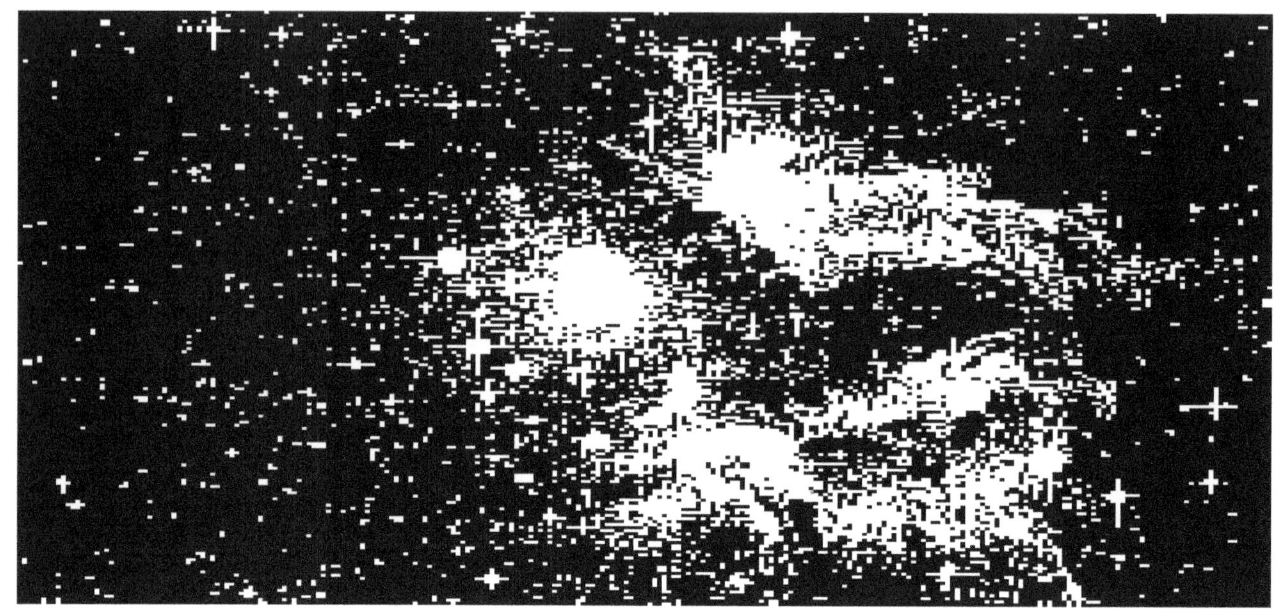

Colora come la figura 4

Figura 5

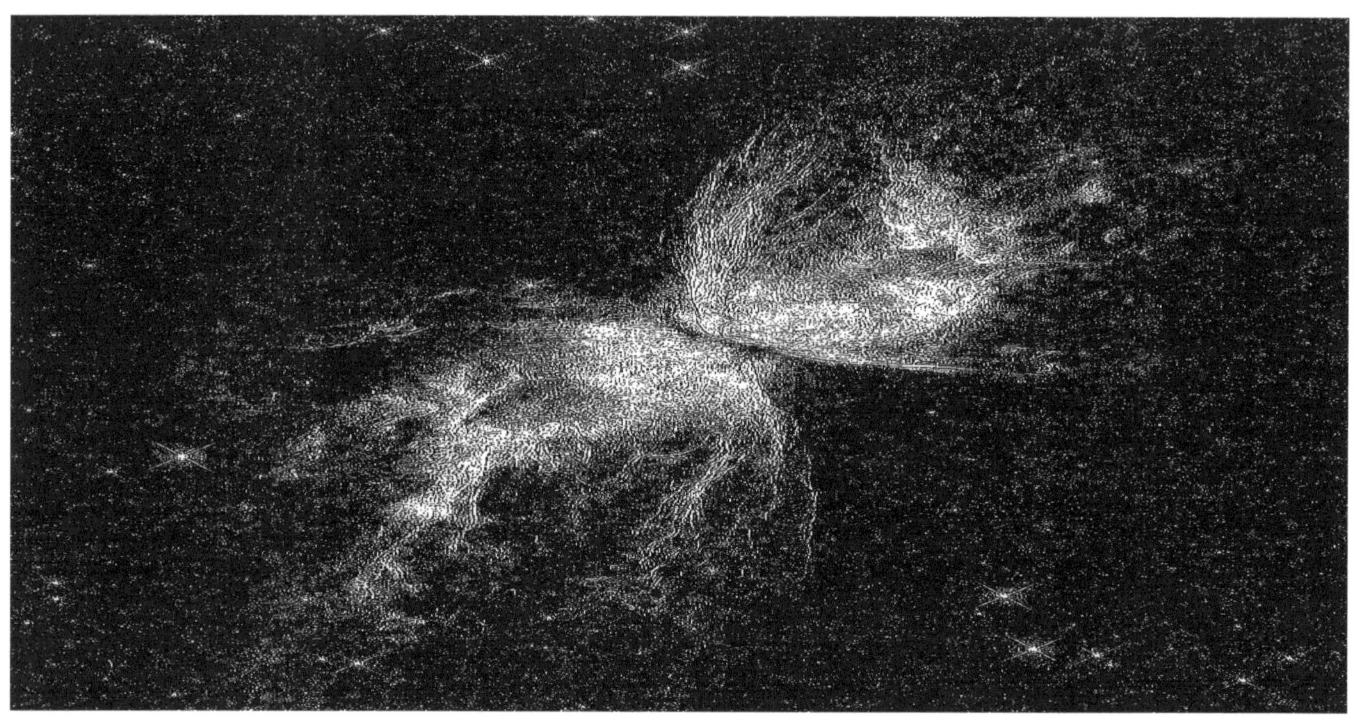

Colora come la figura 5

Zetaxcentaur

Fantasmi disegni da colorare

Fiordelisi Massimiliano

Zetaxcentaur

Fantasmi disegni da colorare

Dovete colorare la figura in bianco e nero come la

figura d'esempio a colori.

Collezione Zetaxcentaur

Fantasmi disegni da colorare

Figura 1

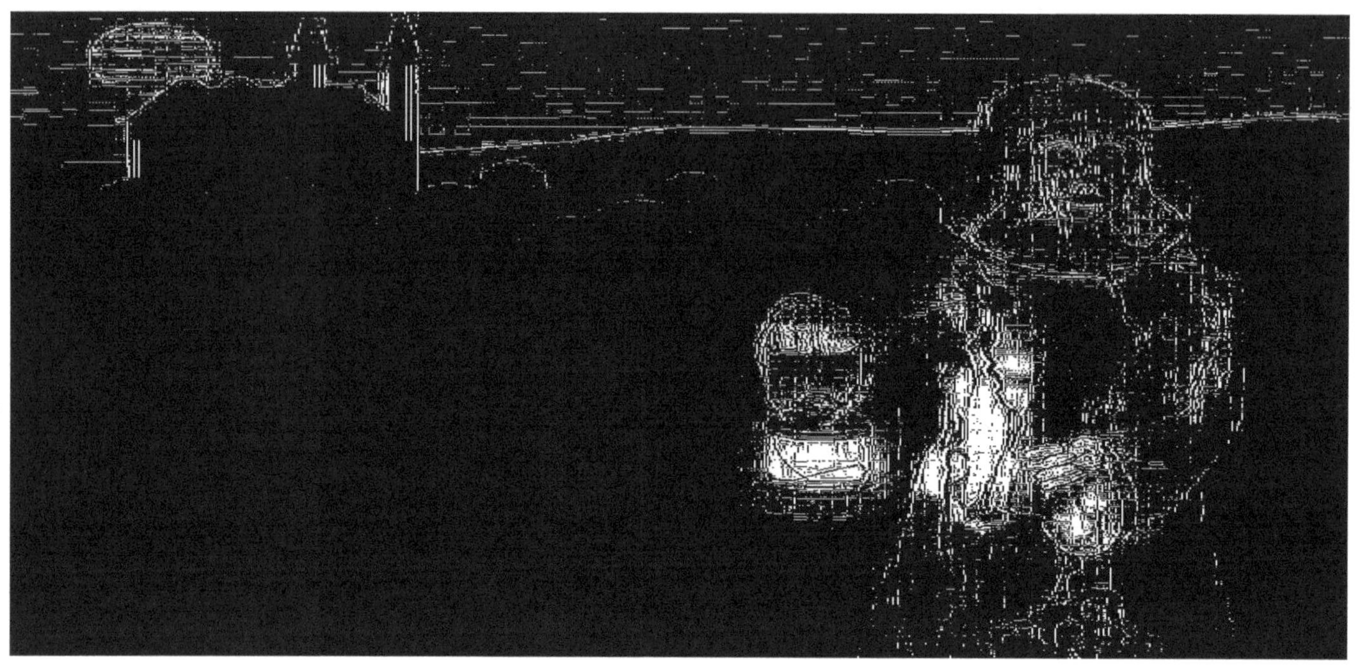

Colora come la figura 1

Figura 2

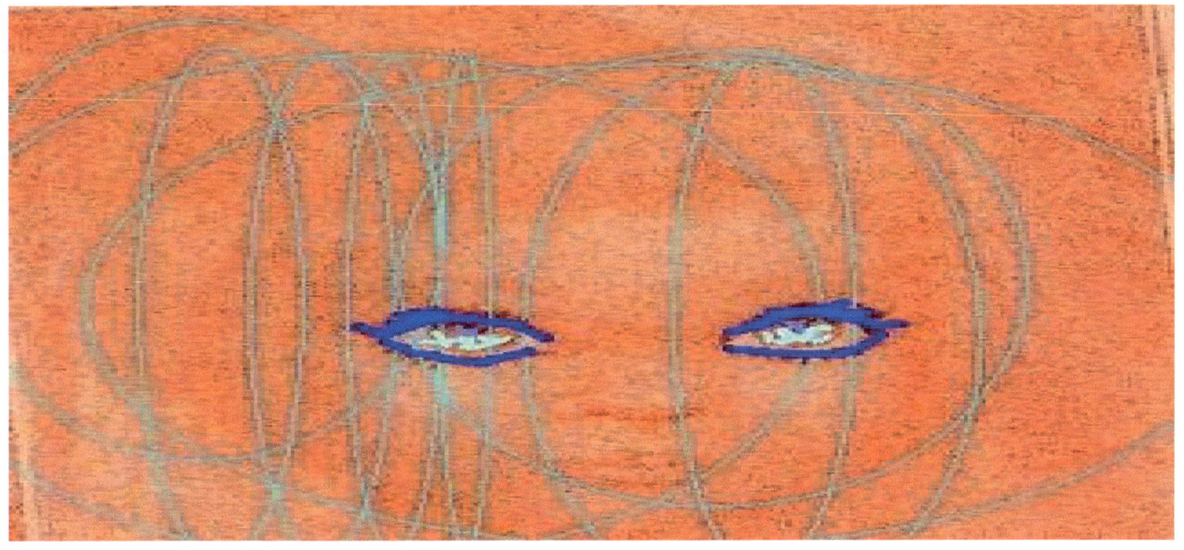

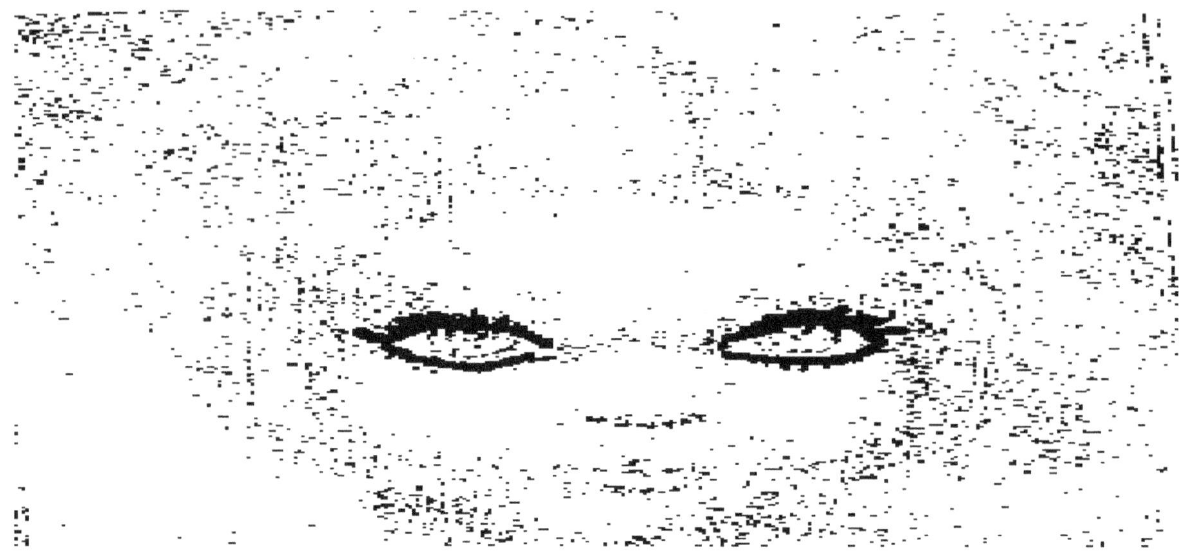

Colora come la figura 2

Figura 3

Colora come la figura 3

Figura 4

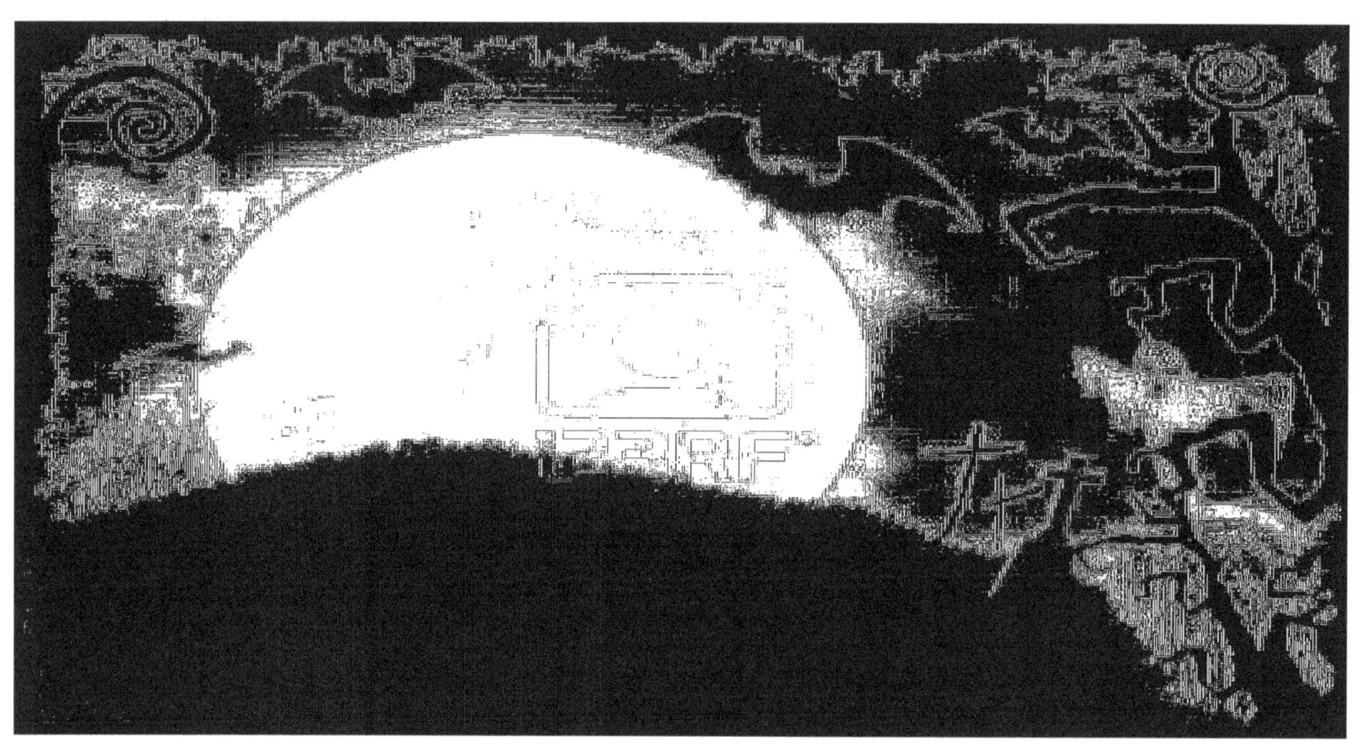

Colora come la figura 4

Figura 5

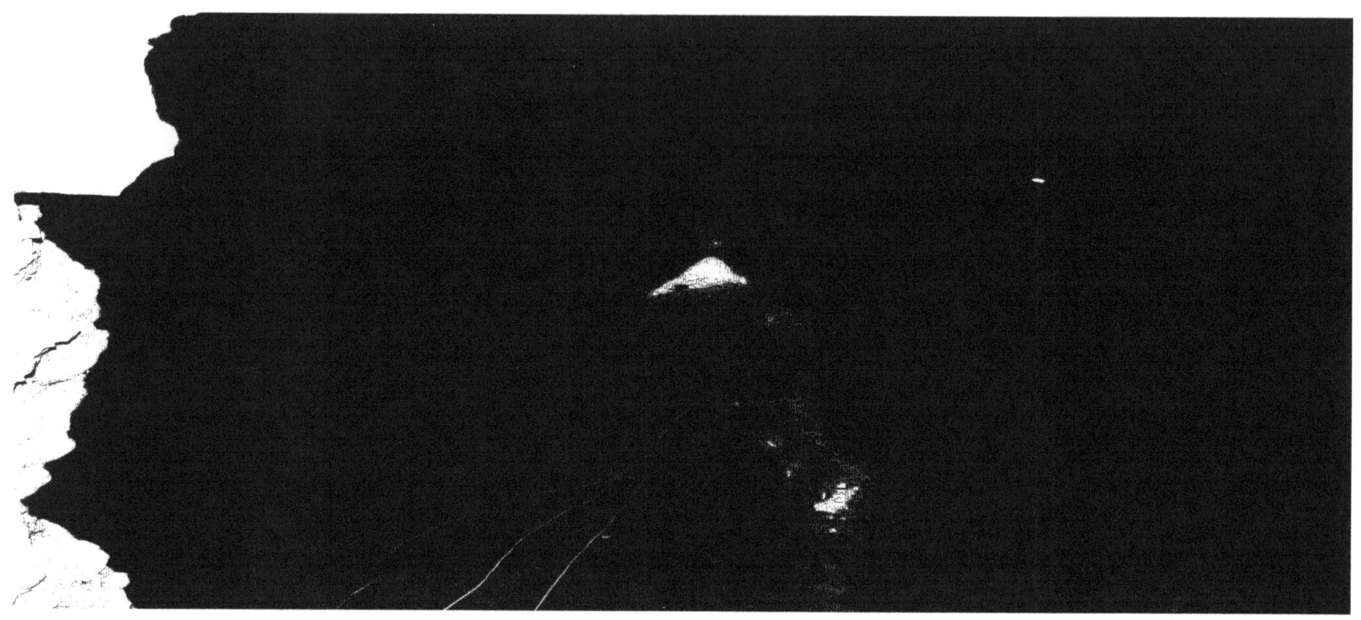

Colora come la figura 5